KB099372

짧게, 카운터펀치

짧게, 카운터펀치

김명철 시집

창비

차 례

7

제1부

고요한 균열

금줄이 대문을 가로질렀다

눈발에 푸른빛이 번지기 시작했다 마당 후박나무의 잔뼈
까지 드러나는 새벽이어서

부정하거나 정한 것들도 쉽게 드나들지 못했다

한 차례 더 늦겨울 폭설이 있었지만 어둠도 가벼움도 바
람도 정갈했다 눈 속에 동백이 피었다는 소문이 있었을 뿐

얼마 지나지 않아 집터의 무게중심이 대문 쪽으로 급격
히 기울기 시작했다 집 벽에 굵은 금이 가로로 그리고 세로
로도 지나갔다 몇달 만에 집은 붕괴되었다

내 이마를 적시던 빗줄기와 햇살

그는 모자도 없이 먼 길을 떠났다

공터의 구석진 오후, 세발자전거의 꺾인 핸들 위로 덩굴
풀이 마음대로 발을 얹고 있었다

길을 걷다가 무심코 옆에 있는 그를 보았다 그는 거실이었고 마당이었고 드높은 옥상이었다

나는 그 집에서 천년을 살았다

오늘 아침 그가 내 안으로 들어와 금줄을 쳤다 내가 한쪽으로 기울기 시작했다

수직으로 막 착륙하는 헬리콥터의 자세로

잠자리의 날개로 떠다니던 저녁은 갔습니다

양손으로 컨테이너 집의 창살을 가만히 잡고 등을 말리
던 가을 저녁은 갔습니다

흩어진 눈알들을 조각조각 기워도 방 안의 전모가 완성
되지 않는 나날이었으나

비가 오는 날에도 날개를 접지 않았습니다

찢어진 날개로도 너무 가벼워 보랏빛 입술을 향해 떠다
니기도 하였으나

잠자리의 날개맥을 닮은 나의 손금 어디쯤에 무거운 여
자와 가벼운 아이가 사각의 방 하나를 지어 들어왔을 때

조금 찢어진 마른 꽃잎을 따라 나의 날개도 반투명이었
습니다

되돌아선 사람의 굽은 등뼈를 세워 그 방문 틈으로 바람
이 불어왔을 때

아침마다, 몸이, 젖어

구멍난 구름 틈에서 가느다란 다리와 수만의 눈들이 버둥거렸습니다 젖은 땅에 젖은 날개를 대고 버둥거렸습니다

 뒤통수에 붙어 있는 눈이 흙에 파묻히고 돌아가거나 곧장 갈 수 없는 날개맥의 미로에서 여자와 아이를 맞닥뜨리고 바람의 방향이 남서에서 북서로 바뀐다면
 그건 세수를 할 때 없던 배가 갑자기 생겨나고 있다는 느낌, 그러나 살(煞)이 흩어지려는 징후로 알았습니다

 이제는 발뒤꿈치를 차일 때의 자세에서 피할 때의 자세로 날개와 몸통 사이에서 오래 사는 일만 남았습니다

어긋나는 풍경

나와 꼭지만 남은 검붉은 노을처럼 노을과
수술대에 오르는 급성 맹장염처럼

당신의 얼굴로 내 얼굴을 막아주세요
쥐 이빨에 묻은 생크림 같은 햇살이
지하 보일러실에 갇혀 있어요 당신이나 나나
절대 돌아 나오지 못해요

햇살이 자랐나요 벌써 늙었나요
난 발목을 삘 때 눈도 같이 삐었어요 그래요
한 친구의 나른한 남루와
또 한 친구의 눈부신 돌파를
모른 척할 수 없었지요
나는 내 안팎의 풍경에 묶였어요

맹장염과 흰 물새가 만든 청계천의 물결무늬처럼
물결무늬와 꼭지만 남은 노을처럼

스카이라인이 날을 세웠을 뿐 그때나
지금이나 마찬가지예요 소름도 돋지 않는 데자뷰
아늑한 천변풍경이에요
그런데 당신, 메스는 어디에 두었나요

오체투지

당신은 길을 걷다가 철 이른 개나리꽃의 흐린 윤곽만으로도 목이 꺾입니다 목이 짧아집니다 지난날 그때처럼 목을 하얗게 빼고 눈동자나 꽃이나 생각에 초점을 맞추려 해도 부질없는 짓, 당신의 목은 뼈를 세우지 못해 모멸감에 빠집니다

괜찮습니다

목 위로 올라간 당신의 손은 머리를 만지지 못합니다 이마를 들어 바람을 향해 빛나게 돌진하려 해도 더듬더듬 빈 손입니다 봄비에 젖어 뭉쳐진 머리카락만 당신의 의지와는 상관없이 꿈틀거리며 자라납니다 당신은 손톱을 물어뜯고 머리카락을 비비 꼬고 손바닥을 긁어댑니다

괜찮을 수 있습니다
너무 심한 거 아냐? 당신은 결국 병 쪼가리를 손등에 대어보고 보도블록을 발등에 떨어뜨려봅니다 혈이 터지고 뼈에 피가 맺히기를 바랍니다 당신은 손가락과 발가락 사이

16

에서 피어나는 구름과 그 구름 속에서 어쩌면 유성 하나가 꼬리를 그으며 사라질 것이라고 기대하기도 합니다

당신은 가슴을 쓸어내리려다 허탈해집니다 오른손이 가슴을 뚫고 왼쪽 등으로 빠져나갑니다 펄떡거리던 심장이란 애초부터 없었거나 아무도 모르게 사라지는 유성 같은 것, 까짓것 공황상태에 빠졌다고 칩시다

당신은 길을 걷다가 철 늦은 국화, 하얗게 흩어진 꽃잎에도 목을 움츠립니다 괜찮습니까?

삼백예순다섯 개의 새벽

아침에 꽃을 가꾸다 말고 촛대를 들고 나왔다

부드러운 살이 아니라 뼈만으로 앞을 향하던 사람들을
생각했다

스크럼이 스크럼을 부르던 때가 있었다
일사불란 앞에서는 꽃이 되는 말들도 지하나 지상 저 너
머로 숨어들어야 했다

사물놀이패들을 둘러싼 연인들과
평화로이 잠든 아이의 유모차를 밀고 가는 젊은 부부들
의 종이컵 속 불꽃이
꽃 같았다 꽃받침이 단단하게 굳었다

오랫동안 맴돌기만 하던 바람이 내 몸 전체를 빠르게 한
번 훑고 지나갔다
석양빛이 구멍난 내 뒤통수로 들어와 코앞까지 기웃거리
다 갔다

길바닥이 등뼈에 딱딱 치받쳤다
표정을 결정할 수 없는 나의 얼굴이 촛불에 일렁였다

나, 하나도 남아 있지 않은 것 같았다

길바닥에 뒹구는 미아찾기 전단지의 얼굴과 배경만 남은
나의 모습이 무수히 밟혔다

새벽에 돌아와 넘어진 꽃대를 말없이 세워주었다

경계를 걷다보면 선이 지워진 곳에 이를 때가 있다

바람 없이 수직으로 내리는 비를 맞고 있다
그 비를 온전히 받아들이는 저수지를 보고 있다

하얀 비늘로 솟아오르다 물속으로 몸을 던지는 물고기를
보고 있다
물의 저항 없이 허공으로 치솟을 때의 몸과
허공의 저항을 받으며 낙하하는 그 까마득함과의 격차

물 밖으로 나오기 전에
지느러미로 저항을 다스리던 사람은
물 안으로 다시 들어가기 전에
눈으로 저항과 맞닥뜨리던 사람은

물 안팎의 경계에서
젖은 몸과 마른 몸을 번갈아가며 슬퍼할 줄 아는 자의 그
림자

제방에 벗어둔 신발 한 켤레가 물기를 머금고

가지런히 가라앉는다
발을 빼고 뒤돌아보았을 때 남아 있는 빗금친 덩어리 같은
젖은 몸에 스며드는 가느다란 빛줄기를 느끼고 있다
그 빛을 온전히 반사하는 저수지를 보고 있다

바람 앞에 서서, 말총 같은

선잠 속 말발굽 소리에 혀가 깨물린다
쓴웃음도 달콤한 눈물도 피도 없이 잘 다녔는데
혀에 구멍이 난다

반수면상태의 송곳니를 타고 파인 혀를 타고
흘러내린 독 한 방울이 맑게 떨어진다
뱀딸기 노란 꽃잎으로 선명하게 피어난다

여자가 자기 몸집보다 더 큰 가방을 들고
새벽 네시의 인천행 버스를 탄다
갈색 말을 타고 갈색 말들을
몽골의 뭉근머리트 대초원으로 몰아간다
초원을 묶어놓았던 지평선이
억세고 짧은 갈기에 끊어질 때마다 푸르릉,
소리가 난다

어둠이 짧아 잠들 수 없는 종족의 후예인 나는
꼬리부터 허물을 벗는

말과 말(言)과 말 탄 여자를 잠재울 수 없다

말의 눈을 또렷이 바라보던 여자도
밤마다 허물을 벗는다고 한다
숨죽이고 반듯하게 누운 밤 열한시의 낮달을 따라
말들도 눈을 감는다고 한다

새벽 막다른 골목길의 힐 소리가 유난하다

파종

한낮의 보도블록이나 보면서 걷고 있었다
바람이나 사람이나 하늘을 볼 마음은 없었다
유월 말의 눅눅한 햇살에 아스팔트가 흘러내렸다

4차선 차도에는 정적이 흘렀다
멀리서 구급차 소리 가늘게 들리다가 사라지더니
귀에서 또 울먹울먹 피리소리가 났다

밀짚모자를 쓴 노인이 폐지 실은 수레를 끌고 있었다
생활이 나를 윽박질렀으나
승부를 낼 수 없는 대상이라고 스쳐 생각했다
누군가 먹다 버린 천도복숭아가 슬리퍼에 밟혔다

고개 숙인 채 힘겹게 수레를 끌던 그가 멈춰서더니
나 있는 쪽을 쳐다보았다
나와 내 생활이 조금 허둥댔다

무게가 뒤쪽으로 쏠린 수레의 손잡이를 잡고

새까맣게 탄 그가 내 오른편을 뜻밖인 듯 보고 있었다

작은 공원을 가득 채운 만개한 나리꽃들!
주름진 그의 입과 눈이 와아 벌어지고 있었다

피리소리와
수레와 노인이 꽃들 속으로 빨려 들어가고 있었다

나와 나의 생활이 천도복숭아에 붙어 있는 개미떼 같았다

살아서 별이 되지 못하거든

물속을 무심히 유영하던 지느러미의 표정으로 걷는다 종아리에서 어둡고 아늑한 물결소리가 난다

엄마와 배드민턴을 치던 소년이 허공에 떠 있는 셔틀콕을 바라보다가 몸의 중심을 잃고 넘어진다
라켓이 소년의 얼굴 위로 떨어진다

고개를 자주 돌려 앞을 보며 뒤로 걷는 무거운 몸의 소녀가
팔꿈치를 직각으로 세워 마주 걸어오는 무거운 몸의 소녀와 가까스로 스친다

여름 오후의 공원은 무겁다
몸을 감싸고 있던 물이 몸 안으로 들어갔다가 빠져나오는 거라지만
빠져나온 물이 몸을 다시 감싸지 못해 몸은 부력을 받지 못한다

길거리농구를 하던 소년들이 허공에 떠 있는 농구공을 쳐다보다가 몸의 중심을 잃고 포개지면서 쓰러진다
농구공이 가장 나중에 쓰러진 소년의 얼굴에 떨어진다

많이 걸어도 가벼워지지 않는다

물 밖으로 나 있던 길이 몇바퀴 돌다가 다시 물속으로 들어간다 길과 지느러미가 풀어진다

빛을 머금은 빗방울이 반짝이며 떨어진다
여름 저녁은 빗금친 덩어리처럼 휘어지지도 않고 부러지지도 않는다

절애

너의 눈빛이 나의 망막을 찌르고 돌아선다
햇살 사이로 검은 눈이 날린다

낭떠러지 아래에서 울려오는 돌들의 소리에
온 신경이 정수리로 모여든다

밀물의 해안 절벽에 앉아 눈과 귀를 닫고
나에게 쏟아지는 소리들을 무의미로 간주한다
네가 나에게 그랬듯이 응답하지 않는다

바람에 검은 점들이 촘촘히 박히고
서해와 내 이마가 젖어 흐려지고
눈이 한 번 더 세차게 내리다가 그친다

우뚝 서 있던 절벽이 물속으로 몸을 던진다

빈틈없이 몸 닫고 있었던 돌꽃이
너에게 그랬던 나처럼 일방적으로 온몸을 연다

온몸과 마음으로도 만져지지 않는 네가 어른거린다
썰물에 낭떠러지의 검은 뿌리가 드러난다

어둠본색 1

30층 서해아파트 고공의 처남들과
암벽 지하동굴의 나를 생각한다 나는
빛보다는 어둠 쪽이고 이름이 세 개씩인 처남들보다
눈과 귀가 세 배는 밝다 개코다

해는 103동 옥탑에서 각을 세우다 떨어지고
나는 어둠의 끄나풀을 자유자재로 끌고 다닌다

갓 지은 밥냄새와 장롱 속 좀약냄새를 넘어
요동치는 요철을 지나 연륙교를 지나
서쪽으로 서쪽으로 망망대해 첨벙첨벙
어둠의 본색에 다다른다

이제 그만 가 너무 깊게 온 거 같아
맑은 정신에 부딪치는 서늘한 안개 알갱이들

어제의 부엉이 날개를 달고
오늘 영혼의 눈빛과 내일의 코끼리 귀를 훔쳐

나는 가볍고 날렵하게 비행한다
단 하나의 이름으로
어둠의 밑바닥에서 아파트 옥탑까지 날아오른다

검은 비수를 숨긴 손이 하얀 손에게 악수를 청하는 밤
내가 어둠이 되어 진짜 본색을 드러내는 밤

처남들이 아이들에게 잔혹동화를 읽어주는 사이
돌아누운 아내의 등 너머로
지하동굴의 어둠이 더욱 선연해진다

기항

먹구름이 지독한 어둠을 몰아오네요
흠뻑 젖어 땅바닥에 옆으로 눕는 짐승처럼 비가 내리네요

빗방울들은 왜 구멍만 찾아다니는 것일까요
사지를 끌어당겨 악착같이 쏟아져 들어오네요
한꺼번에 몰려오네요

플라타너스에 날아오르는 갈매기들의 발톱이 뒤로 꺾이고
뭉개진 코와 상처난 귀에서 흐르는 핏물로 얼굴 하나가
안간힘을 다해 빗줄기를 기어오르네요

나는 바닥으로 낮게 깔리고 차라리,
흔들면 흔들린다고 할 걸 그랬나요

도시 전체가 기우뚱하네요
선수와 선미의 밑창에 난 구멍을 틀어막을 사람들

짐승의 숨소리

아이들은 돛대 사이를 질주하는 덤프트럭을 가볍게 피
하고
여자는 구멍을 위하여 보트의 끈을 풀고

눈 밑까지 차오른 나의 바닥에
뇌우의 꼬리를 따라 검은 구멍이 또 하나 열리고

유감(有感)

고산문학상 수상 축하 자리에 나답지 않게 오래 앉아 있
었다
  늦은 전철 몇 안 남은 빈자리에 앉아
  나답다는 것을 생각하며 김수영의 「죄와 벌」을 읽고 있
었다

  젊은 여자가 신발을 신은 채 길게 다리를 펴 옆으로 늘어
지게 앉아 있다가
  내가 늦는다고 말했어 안했어 몇번을 말해야 알아듣겠어
엄마 술 먹었어?
  휴대전화로 자기 엄마에게 핏대를 올렸다

  두 사람 중에 누가
  죄를 지은 것일까 생각하며 「죄와 벌」을 덮었다
  김수영의 두들겨맞는 여편네와 지우산이 떠오르고
  다시 나답다는 것에 대하여 생각했다

  앙칼진 목소리에 맞은편 오십대 중년남자의 꾸중과

여자의 거친 말대꾸와

말대꾸에 곧바로 이어져 여자의 뺨을 두번째 때리는 남자의 오른손과

저쪽 칸에서 이쪽으로 옮겨오던 젊은 남자의 만류와

만류와 함께 오른팔이 꺾이며 거꾸러진 중년남자의 피와

심하게 기울어지는 차량과

심하게 기울어지는 사람들과

심하게 기울어지는 죄와 벌과

더 심하게 기울어지는 지난여름의 나의 하강과 촛불과 꽃들과

그리고 소란스러운 하차와

꽃밭의 잡초를 뽑을 때마다

미안합니다라고 말하는 여리고 약한 아이의 얼굴이 갑자기 생각났다

눈을 베이다

보내지도 못할 편지 한 장 쓰고 인쇄키를 누른다
프린터에 걸렸던 용지가 억지로 빠져나오면서
엄지와 검지 사이를 스쳐 벤다
책갈피에 끼워둔 하얀 꽃잎의 죽음보다 가볍게

가볍게, 너는 자작나무숲으로 떠났지 그곳에는 빛과 어
둠이 섞여 있었고 뿌리를 건드려야만 꽃을 보여주는 나무
가 살고 있었지 그 나무는 네가 온 이후로 점점 빛을 향했
고 네가 꼭대기에 올라 까치발을 할 때면 길을 떠나기도 했
었지 그러나 오래 집을 비웠다가 돌아온 이후로 나무는 꽃
을 피우지도 집을 떠나지도 않았지 몸에서 모래나 털어내
거나 안개가 심한 오후에는 이파리를 뒤집으며 지평선에
눈을 맞출 뿐이었지 너의 몸처럼 나무도 뼈가 드러날 만큼
창백해졌지

구겨진 채 자판 옆에 방치되어 있던 나무

깊은 구김살을 향해 단단히 뿌리를 뻗는 나무

문과 벽과 지붕을 허물며 하늘로 오르는 나무

백지와 눈을 마주친다
각진 백(白)과 둥근 백(白)과 멍한 백(白)의 한가운데에서
순백(純白)이 솟아오른다

빨간 장미 한 송이와 너의 보랏빛 입술과 노랑머리와
초록의 들판과 맞닿은 차가운 하늘
납작하게 엎드린 푸른 바람과 핑크빛 구두가 쏟아져나
온다

죽어 별이 되지 못하거든

1

바람이 분다

이 바람에 내가 품고 있던 산 하나가 넘어지고 있었다
　계곡물은 상류로 흘러 오르다 부러진 별자리들을 모두
쏟아내고
　빛살나무들도 시퍼렇게 눈 뜬 채 뿌리를 드러냈다
　길 아닌 길을 달려보려 하였으나 길이 먼저 일어나 벽을
쳤다
　하늘은 없었다

　산 중턱에는 당신과 내가 천년을 살았던 동굴이 있었다
　안개가 짙은 새벽녘이나 바람 없이 비가 내릴 때면
　어디선가 산을 말아도는 피리소리가 들리기도 했다
　산이 흔들흔들 머리를 들어 일어섰고 새들이 한 줄로 날
아올랐다

우린 먹지도 입지도 않고 살았다
여름도 겨울도 미래도 없었다
동굴 속 어둠이 생생하게 살아 있었을 때
손과 발을 찔러넣어 서로의 갈라졌던 마음을 만졌고 피
를 나눴다
그러니까, 우리가 바람이었을 때

날 선 바람에 끊어져 꼬리를 찾는 별자리가 무너지고

동굴 속 어둠이 흘러내려

차도에서도 달아나지 않는 비둘기를 밟기 전까지

2

빠른 속도의 각진 지그재그로 달리는 타르냄새
스쿠터 뒷자리에 가까스로 매달린 당신은

아무 표정이 없다 떨어져 차도 위에 구르는 당신을 본 시
외버스가

급브레이크를 밟지 않아도 아무 표정이 없다 아무 표정
도 없이

그대로 내달리는 지그재그의 나

제2부

침묵

참새 한 마리 남자처럼 떨고 있다
창밖 잎 진 나뭇가지를 떠나지 못한다
비는 내려 가지에 가시가 돋는다
한 자리에서만 가지를 잡고 있다

하늘이 숨 고르는 사이를
참새소리는 놓치지 않는다 부리만큼 뾰족하다

발톱에 하얗게 힘이 들어간다
깃털 사이로 빨간 옆구리가 바람보다 먼저 샌다
늙은 남자처럼 목 이랑이 선명하다

참새 같은 여자와
참새 같은 남자와
참새 같은 늙은 남자와
참새 같은 늙은 여자와

머리털에 빗물이 스미고, 생각난 듯

부리를 가지에 문지른다 빛 한 점이
새까만 눈동자에서 빠져나오려다 갇힌다

참새소리가 참새소리 너머에서 난다

뿌리가 자라는 이유

칼싸움은 끝났다 부서진 칼자루와 칼집이 교정(校庭)에
흩어져 있었다 흙먼지가 저녁노을에 떠다니거나 축구골대
안에서 푸른빛으로 변하고 있었다 부상당한 아이들이 있었
으나 손등을 조금 긁힌 정도였다 안티프라민만으로도 충분
했다

나는 초전에 포로가 되었다 내 칼의 칼자루를 내가 쥘 수
없었다

놀이터에서 어깨가 굽은 아이와 차양모자의 아이가 칼싸
움을 한다 구부러진 막대기와 부러진 대걸레 자루가 허공
에서 부딪친다 아이가 아이의 손등을 친다

벤치에 앉아 있던 내 오후의 끝에서 불꽃이 튄다 칼자루
는 언제나 저쪽이 쥐고 나는 골목까지 밀리다 포로가 된다
내가 선택한 저쪽이 나의 종지부를 찍는다

아이가 악, 소리친다 울면서 떠나는 아이와 아이가 헤어
진다

패전의 멍에를 쓰고 돌아본 포플러는 교정의 절반이었다
나무에 나뭇잎 수만큼의 작은 새들이 깃들어 있었다
노을이 나뭇잎 사이를 깊거나 얕게 쪼아대다 사라졌다
하늘과 땅과 내 운동화 한 짝이 나무 속으로 사라졌다
새는 보이지 않았고 새소리만 허공을 가득 찔러댔다

흐린 날의 성좌

사이가 너무 넓어 발이 빠질 수 있으니
조심하시기 바랍니다

나는 허공을 잘못 밟아 떨어진 새
플랫폼 끄트머리에 앉아 있다
새들이 떼 지어 서쪽 바다를 향해 날고 있다 가볍게
지구보다 더 큰 흐린 달을 물고 있다

안전선 밖으로 물러나주시기 바랍니다

새가 되기 위해서거나 새가 되지 않기 위해
새들은 육지를 뜬다 새들의 뜻만으로 혹은
새들의 뜻과 별들의 뜻을 역행하여
흔들리지 않는 정신으로 목표지점을 향한다
안전선 안쪽으로 탈출을 기도한다

마지막 열차입니다 오이도행 열차 출발합니다

떠나기로 결정한 새들과
떠나지 않기로 결정한 새들과 결정하지 않기로
결정한 새들은 이 자리에 없다

행렬의 끝자리에서 거리를 두고 새 한 마리 날고 있다

탄탄대로?

전철 출입문이 닫히고
진동하는 핸드폰을 따라 호주머니에서 툭,
동전 하나가 떨어진다.
여보세요, 어디쯤이에요? 이제 막,
한쪽으로만 몰두해 있던 승객들의 시선이
동전으로 향하고, 출발하는 중이야.
비틀거리던 동전이
가속도를 받아 고개를 빳빳이 세우고 정해진 자신의 길을
제대로 달리기 시작한다.
붉은 양피지에 싸인 부자 아빠 가난한 아빠와 정의란 무
엇인가도
구르는 동전의 향방을 추적하기 시작한다. 그래요?
어떻게 할 건데요? 여보세요?
나는 잘 가고 있어, 탄력을 받았지.
왼쪽 사람들은 오른쪽 면으로 오른쪽은 뒤쪽으로도 눈을
돌리지만
굴러가는 쪽이 언제나 앞쪽이야. 그러면,
기다릴게요 곧장

와요. 여보세요?

전철의 진행 반대 방향으로 내처 달리던 동전이 곡선 선로에서 한쪽으로 기울다가

좌우로 크게 몸을 흔들며 바닥에 딱,

붙는다.

동전이 온 길을 되밟은 승객들의 시선이

통화하는 사람의 표정으로 일제히 쏠린다.

여보세요? 안 들려요?

생각의 기원

서울특별시강남구대치동개나리아파트팔동!

전철 안 한쪽에서 억양 없는 소리가 갑자기 솟아오른다 한낮의 선잠에 균열이 간다 정신을 가누지 못하던 승객들의 시선이 소리 쪽으로 휜다 환한 얼굴의 덩치 큰 고등학생, 초점 없는 눈빛으로 차창 밖을 보고 있다 잠시 후 객차 안은 죽은 듯 안정되었으나

서울특별시강남구대치동개나리아파트팔동!

한 번 더 솟구친 소리 덩어리에 잠과 생각의 아슬아슬한 균형이 무너진다 에릭 클랩튼의 기타 연주가 살아나고 이승엽의 140미터짜리 홈런이 아치를 그린다 그 사이로 앞자리 아가씨의 치마가 발끈 올라간다 소리는 잠의 마지막 조각마저 산산이 부수고 승객들 속으로 뿔뿔이 흩어져 들어간다

서울은 아름답게 미쳐가고 있는 거야, 이브자리라는 이

름이 특별한가? 강낭콩과 강남콩과의 차이는 발음해보면
알지, 남북통일이라, 개나리는 노랗다 노르노르하다 노르
께께하다 놀았다, 흐흐 눈길을 피하는 저 사람 내가 노래방
도우미할 때 똥 같았던 그 남자야, 말씀의 뿌리가 소리라면
소리의 뿌리는 사물이고 사물의 뿌리는 말씀이고, what?

소리의 주인은 다음다음 역에서 환한 얼굴로 떠나가고

파도타기

어허, 저 넘실대는 길 출렁이는 길 좀 봐 오늘 밀양이 40도를 육박한다지 몰려오는 길 위에서의 파도타기, 스펙터클이야

혜진이는 태어나자마자 백혈병에 걸렸지 돌아가기 직전 엄마가 허비허비 큰길로 뛰어나갔네 세상에 왔으니 신발은 신고 가야 한다고

어? 파도를 가로로 끊어오는 저 노파 손수레 같은 모터보트에 매달리다니 폐지를 보드처럼?

파도타기의 비결은 균형이라네 파도와 파도 사이를 뚫고 나오는 서늘하고 통쾌한 타이밍! 그러나 엉키고 갇히고 휘둘린다 해도 우린 프롤세 구명조끼는 아이들에게나 던져주지

태복이 엄마? 뇌졸중으로 길에서 쓰러졌지 혼이 새어나가 머리가 쭈글쭈글한데도 아이를 낳았다네 이마가 함몰되어 뇌가 없었다지 엄마는 아기를 보여주자 그때서야 환한 눈물을 주르륵, 병상 밑에서 작은 신발이 발견되었다네

제법 큰 파도가 몰려오고 있네 파도 안쪽으로 감기면 끝장이니 조심 허, 이 파도 뒤쪽에 더 거대한 파도가 달려들

태센데 타이밍은?

그런데 저쪽 파도가 또 심상치 않아 사람들의 웅성거림

이번에는 누굴까 노팔까 나일까 아니면 당신?

하늘에 낚이다

걸렸다. 빼도 박도 못하게 생겼다. 걸리는 줄도 몰랐고 걸린 줄도 몰랐다. 절묘하게, 타이밍을 놓쳤다.

먹고 고함치고 부라리고 들이대고 뒤집고 벗기고 찍고 발길질하고 함부로 눈물을 흘리고 웃음을 흘리면서 유유히 유선형으로 유영하고 있는 순간에 뒤에서, 팽팽하게 소리도 없이, 낚였다.

예리하게 하늘의 빈틈을 노리는 꽃들과,

너의 보랏빛 입술,

부드럽게 눈뜨는 시간의 나태와 음모,

옆으로 눕기에 꼭 알맞은 자리,

쪼그려 가만히 혼자서 말없이,

술,

평화로운 대지에 아름다운 회오리를 일으키며 튀어오르는 나와,

물렁한 딱딱한,

언제나 대기합니다. 탬버린 단란주점의 질퍽한 탁자 위에서 짓눌리는 나의 생각,

간혹, 틀어진 방향,

비, 틀린,

방, 향,

차라리, 독침이나 독설이나 독사나 독살이지 하필이면
하늘에 깔끔하게 낚이고 말았다. 화려한 날은 다 갔다.

배가 뒤집히고 비늘이 벗겨지고 아가미 한쪽이 찢어지고
전화질을 해대고 안 보이는 얼굴마저 시멘트벽에 뭉개고
목욕재계하고 가부좌를 틀고 눈 감고 두 손을 모아 머리 위
까지 올리고 목을 자르고 꼬리를 자르고 사지를 자르고 몸
통을 절반으로 자르고 혀를 자르고.

두 쪽 나는 하늘을 보고 있다.

암병동

피랍자 가족들의 피가 마르고 있습니다. 인질범들이 또다시 피랍자들을 살해하겠다고 위협했습니다. 인질 교환 협상이 지지부진한 가운데 우리 정부의 대응이 주목됩니다. 현지특파원을 연결해보겠습니다.

초미니스커트와 U자형 티셔츠의 여자가 병실로 들어온다. 조용히 의자에 앉는다. 텔레비전 뉴스에 고정되었던 시선들이 모두 여자 쪽을 향한다.

저는 지금 부산 해운대해수욕장에 나와 있습니다. 피서가 절정에 이른 오늘 이곳의 물놀이 인파는 백만을 넘었습니다. 부모를 따라나선 아이들은 마냥 즐겁고 연인들은 행복해 보입니다.

환자의 손을 잡은 여자의 맑은 눈물과 맑은 속살이 동시에 반짝인다. 병상 위와 병상 옆의 눈빛들이 허둥댄다. 곤두선다.

꽃매미가 충북지역 과수 농가를 습격했다고 어제 보도했습니다만, 아빠 눈 좀 떠봐, 이른바 싹쓸이당했다고 하는데요, 나 열심히 공부할 거야, 꽃매미의 천적은, 사랑해 아빠, 농민들의 고충이 이만저만이 아닙니다, 내일 또 올게, 시청해주신 여러분, 잘 자,

고함(高喊)

땡볕이 머릿속까지 비집는 백주대낮
4차선 고속도로를 달리던 덤프트럭에서
돌 하나가 갑자기 뛰어내린다 깨진 머리로
도로 한가운데 버티고 앉아
입을 다문 채 눈알을 굴리고 있다

저 작은 돌멩이의 어디에서
송두리째 몸을 내어던지는 맹랑한 배짱이 나오는 것일까
속수무책으로 경악하는 타이어들의 비명자국과
끌끌거리는 욕설과 가래를 온몸으로 받고 있는 돌멩이

트레일러가 짱짱한 서슬에 놀라
허리를 비틀다가 중심을 잃는다
버둥거리는 트레일러의 꽁무니에 연방 코를 뭉개는 갤로
퍼와 소나타와 신형 프라이드

갈수록 핏대를 세우는 돌멩이
도로의 방음벽 귀마저 한 모퉁이가 떨어져나가고

죽어라,
내 자동차 뒷범퍼에 매달리는
밖으로 튀어나가려는 소리들을 안으로 꽉꽉
붙잡아맨 저 침묵

버저비터

오늘의 당신에 대한 일기예보는 빗나가듯이
새나 개 짖는 소리조차 흔적이 없다
페인트가 벗겨진 공원 벤치에 당신은 쪼그려앉고

긴 머리의 남자 둘이서 반코트 농구를 하고 있다
코트 가장자리에 새우깡 봉지와 낙엽들이 지저분하다

마침내 싸락눈은 내리고 당신은
후반전 막판까지 끌려다닌 스코어에 자신이 없다
게임 종료 버저가 울리기 직전
역전을 기대하며

오늘은 맑겠습니다
23미터짜리 버저비터가 햇살처럼 터지겠습니다

손가락은 얼어 감각이 없는데
링을 맞고 튀어나온 공이
당신의 얼굴을 향해 카운터펀치를 날린다

믿기지 않게 몸이 들썩한다 날은 어두워지고
싸락눈을 따라 오랜만에 당신의 숨소리가 거칠어진다

기화

잔디가 아파해요 밟지 마세요 공원의 팻말 뒤로
두 남자가 잔디를 깎으며 멀어져가고 있다

벤치 옆에 핀 꽃, 모가지가 부러져 있다
왕벌 한 마리와 십여 마리쯤 작은 벌들이
꽃모가지 아래 죽어가고 있다 새까만 개미떼

성대가 제거된 푸들이 목이 묶인 채 다가오고 있다
여자가 개의 목줄을 잡고, 풀냄새,
여자를 따라 여자들이 냄새를 맡으며 오고 있다

여자들이 공원의 벤치 앞으로 지나가고
여자들의 곁눈질을 곁눈질로 끌어모으는 남자
힘찬 도약과 배치기로 철봉에 오르고 있다
두번째 회전중에 땅바닥으로 떨어지고 있다
개의 목줄과 여자들과 하늘이 뒤집히고 있다

개미떼와 부러진 꽃모가지 위로

젊은 남녀와 늙은 남녀가 손을 잡고 지나가고 있다

다리의 근육이 풀린 남자와 여자들 위로
고추잠자리떼 빨간 십자가떼

풀냄새, 새까만 개미떼의 행렬
구름을 향해 뾰족한 비행기가 이륙하고 있다

어둠본색 2

가로등 불빛 속으로 눈발 퍼붓는 밤이다
눈송이와 눈송이 혹은
눈송이와 눈송이가 뭉쳐진 덩어리 사이에서
하얀 손가락들이 엄마 품을 찾기 좋다는 밤이다
환상의 탱탱한 눈알이 드러나는
선명하게 변화무쌍한 밤이다
폭설 속 일방통행으로 돌진하던 대리운전 차 안에서
가슴아프게 자라난 손가락들이
통증 없이 투두둑 잘려나간다는
허무맹랑하게 슬픈 밤이다 나 이해해?
나 없이 어떻게 널 사랑하겠어?
조수석 창밖을 향해 사랑이 꼬이는 혀의 밤이다
사랑이라는 이름으로
새끼손가락보다 가느다란 손목의 자살과
튀어오르는 손톱보다 가벼운 안목의 자살이
제발, 당신을 죽여주세요
횡행한다는 밤이다 눈꽃들 피어나자마자
아름답게 얼어죽는 밤

열사의 고투는 사라지고
어둠이 눈꽃들로 채워질 독하게 환한 밤이다

고개 꺾은 채 가슴까지 무릎을 감싸안아도
마음 떨리는 춥고 긴 밤이다
눈 감고 차창에 손과 귀를 대보면
혼자 떨고 있는 사람 보이는 밤이다

꽃, 목을 드리우다

1. 꽃 속에서 꽃이 나오게

발가락이나 손가락 아니면 낯선 기억이라도 좋아 나,라
는 이름들 중에서 하나를 면도날로 베어내고 싶네 잘하면
피가 순환할지도 모르지 면도날이 눈이 멀어 목을 향한다
해도 어쩔 수 없네 보이는 꽃은 축제지만 보여주기 위해 꽃
이 자기 모가지를 길게 늘인다는 것쯤은 알지
쓰러지면서 하늘은 부고장 없이 별들의 부패를 전하고
별들은 벌써 공손하게 미라가 되어가네

나무가 무수한 비수들의 날을 세워 하늘을 겨눕니다
바람은 가시로 몸을 감쌉니다
빛은 흐트러진 채 기웃거리고
틈을 주지 않는 어둠속에서 꽃은 모가지를 내놓았습니다

썩은 꽃에서 향기가 피어오르고 있습니다
꽃의 치욕이 창끝으로 튀어올라
꽃이 박힌 사람들과 꽃을 박은 사람들의 공모를

옆구리를 찔러 확인합니다

나무 아래 새들이 떨어져 있네 꽃이 비를 맞고 있네 배를
뒤집은 채 반쯤 물에 잠긴 꽃, 계곡 물살을 온 힘으로 버티
네 흰 물뱀의 꼬리가 꽃을 말아감네 하늘이 깨지는 소리가
났지만 귀 있는 자들도 듣지 못했네

2. 자를 대고 줄을 그은 듯한 정사각의 시간과 공간에

산사의 구석진 방에 쥐 이빨이 흩어져 있다 응결된 물방
울의 냉기가 떨어진다 튀어나온 철근 끝에서 녹물과 어둠
이 기어나온다
새까맣게 타버린 밤벌레 소리와 꽃 사이로 계곡물 소리
가 벽을 허문다 한덩어리로 뭉쳐졌다가 풀어진다 면도날에
잘려나간 내가 그 소리에 뛰어든다 소용돌이친다 수직으
로 떨어지며 바위에 부딪힌다

벌써 허리까지 물이 찼어 여름이 떠내려가잖아 저렇게 촘촘한데 비와 비 사이를 바람이 빠져나올 수 있을까 비를 피할 자 아무도 없겠어 생명들 모두 눈이 멀었군 뼈와 살 타는 냄새만 나면 누구나 갈증이 나는 걸까 몇몇은 벌써 휩쓸려갔지만 썩지 않는 살이 어디 있어 선택일 뿐이야

곧 눈이 쏟아질 것이네

당신, 통통하게 살이 올랐나요 차가운 바람의 삼개월 동안 목숨 걸고 헤맸나요 바람을 기막히게 통과했나요 십이월 이십오일의 꽃을 말렸나요 당신, 나와 눈빛 마주치지 마세요 당신의 눈에는 흰자위가 없군요 검은 눈만 보이고 얼굴이 보이지 않네요 등짝에 다갈색으로 비상하는 새의 문신이 있다면 당신, 계절을 넘긴 새, 참샌가요? 일보직전의 죽음이에요 생각의 꼬리들이 굶어죽고 얼어죽고 창밖에서 돌멩이 든 눈뭉치에 맞아죽는 것 좀 보세요 그런데도, 날개가 귀찮을 정도로 당신, 도를 텄군요 삼백개의 알을 낳을 건가요?

3. 눈 감은 꽃을 귀에 꽂고

새눈이 돋아나질 않네 눈꺼풀이 달라붙네 갈라진 빛의 계곡이네 전후좌우 위아래 안팎도 없네 누군가라도 서둘러 긴 계곡을 빠져나가시오! 고속촬영된 새눈의 경쾌함으로

이 계곡 끝에는 폐자재 쌓인 도시가 있을 것이네 도시 출구에 한 채의 궁성, 어둠에 뿌리를 박은 담쟁이줄기의 혈맥이 타올라 있겠네 꽃은 거기서도 출구 없는 길만 읽을 것이네

겨울이 되면 꽃은 가시에 둘러싸인 성문의 손잡이만 흔들다 갔네 얼어붙은 뿌리들과 날개 없는 새들과 떠돌지 못하는 바람과 다음날 아침의 금이 간 거울 같은 것들을 두드리다 갔네

꽃이 눈을 감네

계곡이 벽을 여네

웅크린 꽃의 등 뒤쪽에서 작은 바람이 이네 물소리가 벽
을 타오르고 어둠이 한 번 더 어두워지네

계곡을 떠멘 담쟁이가 마지막 어둠에 베이네

꽃이 목을 드리우네

제3부

간절도(懇切度)

　너의 숨에서 푸른 저녁과 고요가 빠져나간다
　너의 뜨거운 몸과 나의 차가운 몸이 나란히 눕는다 너의
눈이 나의 눈을 힘없이 바라본다

　땀방울이 너의 이마에서 나의 이마로 흐른다 뜨거운 눈
이 차가운 눈으로 들어와 난파한다

　모자와 장갑도 벗었어 맨발이야, 도망치지 마
　어슬렁어슬렁 축축해, 싸울 거 없어 따라가지 마
　나 갈래 뿌리치지 않겠어, 가지 마

　내 가슴이 너의 가슴으로 들어간다
　돌탑이 성큼성큼 해안 절벽으로 향하고 절벽은 망설임
없이 허리를 꺾는다
　네가 기르던 한 마리 흰 물새 쉴 곳이 없다

　나의 숨이 너에게로 넘어가고

나와 너의 발가락뼈끼리 머리카락끼리 서로 섞인다

　　섞인 호흡이 속도를 놓치는 사이 온몸과 마음이 소용돌
이친다

　　흰 물새의 날개가 부러지는 밤

　　내 안의 내가 모두 다 빠져나가는 밤

무영(舞泳)

너만 생각하고 있다 내가
강물 위에 떠 있는지 강바닥에 누웠는지
나는 모른다 네 생각만 하고 있다 랄랄라,
유연하게 강물을 가로지르는 하얀 물뱀

바람은 가늘게 일렁이고
서쪽 어느 하늘 모퉁이에서는 잠시
바람 같은 너를 본 듯도 하다 네 마음은
처음부터 형태와 색깔이 없었으므로
너에게 닿은 나의 손과 발은 치욕이었다

언젠가 이른 새벽 너의 안개 낀 북한강에
생각없이 나는 발을 들여놓았다
너에게 가는 나의 오늘밤도 또다시
오만한 은빛 물고기의 눈을 뜰 것이다

물뱀을 뒤따르는 새끼 물뱀들의 흔적은
생각의 꼬리처럼 아름다워라

머리를 내민 푸른 갈대숲 사이로

하얗게 사라지고

노을이 조금 흔들릴 때가 있지

너 수시로 떠날 때마다 나
가느다란 소리로 날숨만 뱉어내지
납작하게 방바닥에 엎드린 채
광화문을 지나 토말까지 쏘다니지

나뭇잎을 베면서 직하하는 빛 조각이
내 발등을 찍기도 하지 절룩거리지
찍힌 나를 보고 스쳐가는 사람들이
제 가슴만 쓸어내리길
힐끔거리다 모른 척 비껴가길 바라지

길을 건너다 말고 보도블록 사이에 낀 깃털을
주저앉아 들여다볼 때가 있지
빨간 신호등 너머 아무 표정도 없는 하늘에
내 마음을 날려보내기도 하지
그때마다 눈치없이 웃음은 자꾸만 새고

그래도 낮은 밤의 적수가 못되지

날숨소리가 어둠을 파고들 때
화통만 있는 폭주기관차가 몸을 덮친다면
고스란히 받아들이지

겨울 악어

시외버스 터미널 뒤편 듬성한 소나무숲
내장 하나 없이 가죽만 남은 악어 한 마리가
앞다리에 바짝 힘을 주고 일어선다
녹슨 철제 더미 풀숲에서 얼어붙었던 입을 귀밑까지 벌
린다

악어의 눈동자에
눈발이 꽂혀도 입 벌린 채 미동이 없다

어린 누 한 마리쯤 통째로 삼키던 아래턱의 기억이
눈뭉치 뒤덮인 솔잎에 촘촘히 걸린다
송곳니와 송곳니 사이에서 무뎌진 야성이 떨고 있다

기아로부터의 탈출과

아마존의 쥐라기 열대 남미 혁명과

등짝에 가파르게 질러진 몇줄기 빙곡(氷谷)을 지나

이빨을 드러내고 악어 한 마리가 나를 노려보고 있다
내 뒷걸음질에
악어의 검은 동공이 더욱 가늘어진다

지상 반대편에서 들려오는 카니발 소리가
악어의 꼬리를 풀숲 속으로 끌어가고

내 품속 무늬만 선명한 악어가
날리는 눈발 속에서 위턱을 살짝 들었다 놓는다

하늘 맨 끝으로

연을 날리고 싶어요 방패연요
불을 터뜨리기 딱 좋은 날씨예요
햇살에 반짝이며
벙어리장갑 속으로 바람 찬 눈이 들어오잖아요

여기가 天安門 광장이야 오대양육대주삼색인종남녀노
소가 주야장천 모여드는 곳이지 오른쪽 맨 끝 사람이 가이
든데 한국어과 교수래 눈을 감았군 그 왼쪽 여자 정말 괜찮
았지 마음을 톡 까놓는다 해도 마지막은 감추는 법인데 팬
티까지 홀랑 벗더라구 그 왼쪽으로 두 사람 건너뛴 남자,
멋지지? 분위기는 레오나르도 수준인데 눈빛에 긴 꼬리가
달렸더군 정면으로 쳐다보는데도 내 뒤통수를 치더라구

하늘 한번 멋지게 찍혔지? 눈이 트이지? 줄줄이 꿰인 수
십개 가오리연들, 창창한 하늘 꼭대기를 찔러댔지 왜 그걸
보고 코가 꿰어 환송당하는 탈북자들의 동영상이 뜬금없이
떠올랐는지 몰라 그건 그렇고, 난 대체 어딜 보고 있는 거
야?

달랑 몸통만 있는 방패연을 날리고 싶어요
제때에 끊어질 수 있도록
연실을 조절하겠어요 차가운 바람 때문에
눈물도 흐를 거예요 살짝 튼 손등에서 피가 배어나오고
두 눈도 빨갛게 되겠지요

함정

고음의 피리소리로 바람은 불고 당신은 도망갈 곳이 없다

나태와 태만으로 인해 태작(駄作)인 당신과 창밖의 바람과 당신의 비만한 자책 때문이다 당신은 다섯 시간째 혈관이 부풀고 있다 당신은

살을 파고드는 엄지발톱을 살과 함께 뜯어내다가 악의에 찬 손톱 네 개로 발바닥을 긁는다 피가 흐르는 짜릿한 고통과 미칠 듯한 통쾌에 머리털이 쭈뼛 선다

윗니 세 개를 살짝 드러내 보이며 양손을 뒤통수에 깍지 끼고 싱크대 쪽으로 오리걸음을 하는 당신 그릇에 달라붙어 씻기지 않는 마른 밥풀때기를 손톱으로 톡 떼어낸다

두 손으로 한쪽 귓불을 잡고 뒤뚱거린다 마개를 빼낸 화장실 하수구에 잘 자란 손톱을 집어넣는다 어린 메두사처럼 딸려나오는 혈관 새빨간 실지렁이 뭉치의 소름 솟도록 유연한 몸놀림을 주시하는 당신은

당신은 옷을 벗다가 왼쪽 발이 팬티에 걸려 또 앞으로 넘어질 뻔한다 산토끼 토끼야 거품으로 전신에 밑칠을 한 후 가슴팍은 양손을 X자로 하여 열 개의 손톱으로 엉덩이는 양손을 일자로 하여 여섯 개의 손톱으로 허벅지 앞쪽은 다

섯 개의 손톱으로 넓고 깊게 판다 스크래치하듯이 거품을
처리하고 완성된 바디페인팅을 거울에 비추어본다

　다시 한 번 당신은 당신과 창밖의 바람을 싸잡아 비난하
고 자책하며 속옷도 입지 않은 채 거실에서 산토끼 토끼야
백회 이상 덜렁덜렁 시간은 흐르고

　숨넘어가는 순간에 찾아오는 메두사의 환영 피리소리 아
득해지면서 걷잡을 수 없이 당신의 손가락이 굳고 생각이
굳고 시야가 굳고

아래, 아래, 뒤에, 당신의 맨홀

당신이 나에게 등을 돌려 앉아 있는 까페 맞은편

깎아 세운 히말라야 산정 아래
블루 스카이 옆에 붉은 공과 흰 공, 큐가 있다
동시에 예약 가능한 오백석짜리 펄떡펄떡 꼬리치는 바다
그 아래 무안 뻘낙지, 아래

지하에는
퀴퀴한 사랑이 흘러가고 쥐떼들이
등 돌린 자의 뒤꿈치와 살아남은 자들의 얼굴을 갉고
광속으로 당신의 갈 수 없는 나라를 세우는
아름다운 음모와 치열한 조직이 있다

당신의 색깔도 짝짝이야
히말라야 눈 덮인 산정에서 조개화석이 발견된다지

노란 헬멧의 인부가 설치한
가벼운 바람에도 뒤로 넘어지는 도로 위 위험경고 삼각

대 뒤에

　얼굴만 있는 사람이 있다 바로 그 아래

　얼굴만 없는 사람이 있다

　당신의 생각도 아직은 다층적이군
　각 층들이 수시로 색깔과 위치와 조명을 바꾸긴 했지만
　위층에서 아래층들을 거치지 않고 곧바로
　서해나 산등성이로 흘러드는 것들이 있었지만

　고장난 브레이크로
　얼굴만 있는 사람을 향하여 돌진해오고 있을,
　위험한,

책갈피의 꽃잎처럼

밤새 비가 내렸나보다
내 얼굴 하나가 떠내려가는 것을 알면서도
선잠만 잤다 희희낙락하지 못했다
버리지 못한 뿔테안경의 얼굴은
앉은뱅이책상과 부서진 경대와 독한(獨韓)사전과 함께
오래전의 단칸방에서 회오리치며 빠져나갔다

해바라기가 견디는 빗속의 침묵에 놀라
인도와 차도 사이에서 깨어난 풀을 향해
책가방 멘 아이들이 휘두른 부러진 낚싯대에 낚인
가오리연의 얼굴처럼
내 얼굴은 떠내려갔다

얼굴을 내어놓아라 내어놓지 않으면 단매에 죽으리
천만의 말씀입니다 미련이라니요

아침 햇살의 베란다에 서서
두꺼운 얼굴을 또 하나 꺼내든다

어떤 얼굴은 포장마차 속 연애 같았으므로
단 한 번의 눈빛으로도 부서진 적이 있었으므로
몇개 남지 않았으므로

파도타기 2

캐리비언베이의 하늘이 흐리고 차갑다
가까이 보이던 연안의 섬들까지 사라졌지만
아침부터 흑인 여자와 백인 부부와 동양인 아이들은
뿔나팔 소리에 맞춰 파도를 탄다
야성을 지르는 몸들이 엉킨다 시간이 없다

smoking area 팔뚝에
해골 문신한 사내들과 담배연기 사이로
아슬아슬한 수영복의 두 여자가 앉는다 불 좀,
감사합니다, 헤이 진, 시간이 너무 잘 가,
넌 더 벗고 싶지 않니? 가슴에 송송
소름이 돋은 여자들은 사내들을 따라나서고
한쪽만 눌러끈 담배에서
가느다란 연기도 서둘러 피어오른다

하늘에 떠가는 돌고래와 황금돼지 들을 따라
만(灣)의 뒤쪽 몽키랜드로 뛰어간다
남아도는 시간 위에 쪼그려앉은 수놈 오랑우탄이

물기가 채 마르지 않은 사람들과
바닥에 비친 하늘을 번갈아 바라본다 아이들은
모형 원숭이 쪽으로만 몰려간다

빗방울이 떨어지기 시작한다
언덕 위에서 자세를 잡고 있던 허리케인이
빙글 돌아오르다가 덜컥 떨어진다
허리케인을 타기 위해 사람들 모두 줄달음을 친다
문이 닫히기 전에,

만 이십년 하루 치의 고독

　이거 아시죠? 참새 같은 남자와 붕새 같은 여자가 있었다는 얘기요 붕새가 몸만 뒤척여도 참새는 뛰어야 했다는 거지요 이를테면, 참새가 붕새를 밤늦게 불러냈다, 오일 만에 포장마차에서 만났다, 참새가 애를 다섯 낳는 사이 붕새는 참새를 낳고 있었다 뭐 그런 것이죠 참,

　참새의 깃털이 너덜거릴 때까지도 붕새는 날개깃 한번 펴지 않았대요 붕새가 어떻게 참새의 뜻을 알겠어요 그러니까, 가을볕이 속으로만 터지는 날에는 참새가 다갈색 날개를 파닥거리며, 창가를 떠나 숲으로 갈 수가 없어, 나에게 숲은 그림의 떡이야, 했을 것도 같네요 참새는 꿈도 못 꿀 얘기지만 구만리를 나는 붕새에게는 여기가 거기고 거기가 여기니까요 참새의 꽁지가 다 빠지는 동안 붕새의 꼬리는 우아한 자세를 유지했겠죠

　어디에도 매임을 모르는 붕새가 울 리가 없잖아요 그런데 어느날이었어요 아침 햇살이 채 펴지기 전에 이상한 소리가 났대요 웃음과 울음이 섞인 소리, 오음이 정확한 음정으로 동시에 하나의 목울대에서 나오면서도 전체적으로는 단조의 소리, 물론 보랏빛이었겠죠 참새에게 만 이십년 하

루 치의 고독이 쌓이면 울음소리가 그렇다고 하네요 계절을 타거나 나이 타는 거 말고 오장이 다 타 단내나는 고독 말이에요 하지만 그건 낭설이었죠 참새의 고독이 터질 때 그 옆에서 붕새가 울던 소리였다는 거예요

이 얘기들은 모두 사실이지만, 또 한편으로는, 아침마다 저의 창가에서 나는 소리, 낮게 나는 그 참새소리를 따라 어느 하늘 높이에선가 붕새가 날고 있을 거라는 상상도 제법 해볼 만한 일이죠

목신의 오후

오래된 나무계단을 오른다
계단 모서리 구석진 자리마다
음지의 꽃잎 안간힘으로 피어나다 떨어진다

성냥개비 탑을 쌓아올리던 손가락이
불안정하게 갈라지는 G선으로 떨렸고
탑신은 서너 층도 올라서지 못하고 허물어졌다
창밖 눈을 맞고 있는 플라타너스와 액자 속 오후의 햇살과
비스듬히 누워 하늘만 쳐다보는 목신
하필이면,
드뷔시의 바다네요

까페의 문틈을 넘나들던 바닷물이
불씨 지펴진 생나무에 닿을 때마다
사소한 죄들과
대책없이 떠난 나의 큰 죄가
현행범처럼 생생하게 피어났다 사라진다
꽃상여였을라나

음역을 벗어난 저음으로
어두워지는 골목을 가까스로 빠져나가는 붉은 꽃배
나는 자리를 뜨지 못한다

썰물의 소리

죽은 가을이 개펄에 와서 또다시 살아나는 줄은 처음 알
았다

당신의 가을이 강 하구까지 떠내려온다 썩은 나뭇잎과
뿌리 플라스틱 병들과 당신의 기억들이 개펄에 와서 몸을
말린다 햇빛에 반짝인다 예리한 날을 세우며 부러진 삽자
루와 함께

잘 살아지지 않았다
당신 없이 몇차례 어두운 터널을 통과했음에도 앞을 보
고 걷지 못한다 게 같다
자리를 뜨지 못해 빠닥빠닥한 가을 햇살에 등딱지 말라
붙은

내내 비껴갔다 당신이 낳은 한숨과 못자리와 도주와 웃
음 그 어느 하나도 정면으로 통과하지 못했다 당신이 바라
보던 먼 산이 나를 아무때나 통과했는데도

마른 개펄에 흩어져 반짝이고 있는 것들 사이에 몸을 눕
힌다

귀를 기울인다

폭염

내 안에서 그가 기둥처럼 넘어진 후 여름내 열병을 앓았습니다 열꽃들 지천으로 꽃잎을 펼쳤습니다 하얗게 들떠다니다 한 사내를 보았습니다 여름도 백년 동안의 맹독을 뽑아내려는지 신도시 곳곳에서 혈맥을 터뜨렸습니다

사내는 완강한 여름을 맨몸으로 견디고 있었습니다
왜에 그랴아? 난 에미 잡아먹구 애비도 쥑인 년이여어

독주를 마시는 사내를 향하여 공사장 밥집 여자는 독설을 퍼부었습니다 불화살 속에서 ㄷ자로 철근만 구부리는, 허리를 펼 때마다 허공에 지글거리는 눈빛을 쏘아올리던 사내 그때마다 나도 그의 옆에 꼿꼿이 서 있고 싶었습니다

한밤, 돌아서는 사내의 검붉은 등 뒤로도 여름은 무릎을 굽히지 않았습니다 여름 한복판에 난 상처는 다시 오는 여름마다 더 깊고 넓게 번진다고들 하였습니다 겨울 울음은 봉합일 뿐 다음 여름을 가만가만 건너갈 수는 없다고도 하였습니다

철근 구부리던 사내의 눈빛을 잊을 수가 없습니다 여름의 허리가 구부러질 때까지 제 그림자 속으로도 몸을 숨기지 않는 사내가 있었습니다

육교 위, 천공(穿孔)

구름과 자동차들의 정체 사이에서
새 한 마리 황급히 방향을 꺾는다 빌딩 모서리와
갑작스러운 통유리창의 출현에 시야를 트지 못한다

집이 없는 나와 서둘러 집으로 향하는 사람들
잿빛 레깅스의 여자와 퉤, 침 뱉는
머리 희끗한 남자 사이를 새는
다리를 한껏 움츠려 가까스로 빠져나간다
가느다란 보랏빛 목덜미가 선명하다

반만 펴진 새의 꽁지를 거칠게 지우며 육교 위로
하늘이 무너져내린다

줄지어 떠오르는 가로등을 따라
읽히지 않는 네온사인과 진짜 같은 별들과
피뢰침이 박힌 십자가들이 켜진다

솟아날 구멍이 없다는 생각 속으로

육교 난간을 잡은 손가락들의 뼈마디 속으로
무감각하게 비가 내린다
기온보다 더 빨리 체온이 떨어진다

비는 눈으로 바뀌어가고
나에게로 하늘이 하얗게 내려앉는다
쫓겨난 어둠이 모두 내 안으로 들어온다

Heaven Tree

별똥별이 날리는 날 밤이었습니다
내 울타리 안으로 나무 한 그루가 들어왔습니다

나를 낳은 들판의 염소였습니다
나를 낳은 갈색 눈동자였습니다
나를 낳은 할머니의 굽은 등이었습니다
나를 낳은 4분쉼표였습니다
나를 낳은 'a lover'였습니다

나무와 밤마다 눈을 맞추기로 하였습니다

하늘이 아니라
내 속으로 나무를 낳아보기로 하였습니다

제4부

동천(動天)

인도 옆 다 큰 해바라기를 이해할 수 없다 맑은 날에도 먹구름이 몰려오는 날에도 고개를 들지 않는다

오래전, 빙판에 미끄러지는 바퀴소리와 얼어붙는 벌판의 소리에 마음을 짓눌렸는데도 꽃 이파리를 내놓지 않는다 더 오래전, 아내와 아이를 두고 전장에 나간 어린 병사의 벗겨진 발바닥과 전투마의 발굽에 밟혀 한쪽 귀를 잃었는데도 얼굴을 내밀지 않는다 뼈도 없고 속도 없다

고흐가 던진 아홉 개의 빛 조각에 한쪽 눈을 찔리고도 함형수의 아름다운 비명을 듣고도 입을 열지 않는다 비가 내려 어둠이 흐르기 시작한 오후, 낮아지는 하늘을 피해 몸이 기운다

바깥 소리에 귀를 열지 않는다 경적소리보다 더 큰 소리로 차도를 무단횡단하는 꽃 피운 해바라기들의 질주, 대형 트럭들도 비틀거리는데 제자리에서 발도 떼지 않는다 자동차의 전조등에 투명한 뼈대를 드러낸 빗줄기가 이파리에 꽂힌다 작은 우산을 아이 쪽으로 기울여 씌운 어린 엄마가 서둘러 해바라기를 스치며 뛰어간다

해바라기는 발치로 빗물만 쏟아낸다 한쪽 귀와 한쪽 눈

이 없는 해바라기가 침묵으로 흔들리는 어금니를 깨문다
해바라기의 속대가 수심으로 가라앉는다 마른 우물에 얼굴
을 묻고 지르는 고함소리,

　해바라기의 머리 바로 위에서 번개가 두 갈래로 갈라지
며 천둥소리가 터진다

한여름에 자작나무 껍질이 터졌다

무한도전 재방송을 비스듬히 보다가 졸다가 또 늦는다

횡단보도에서 한쪽 다리가 짧은 생활을 주시하다가 급정 거한다

여름이라 마르기도 하고 젖기도 하는 것이라고 흘려 생 각한다

좌회전해야 하는데 앞차의 운전자가 신호를 무시하고 뭔 가를 찾고 있다

나도 안경수건을 찾으며 유치원이 다행히 늦게 끝나기를 바라고 있다

비보호좌회전이면 앞으로 곧장 가는 사람만 보호받는다 고 한다

가던 대로 가지 않는 내가 외로운 것일까 생각해보기로 한다

엄마를 만난 아이들이 안녕 손인사도 없이 헤어진다

자기를 데리러 온 차를 보고서도 하얀 신발을 신은 내 조 카아이는 생기가 없고

갤로퍼가 늙은 백마의 마른 기침소리를 불규칙하게 토해

낸다

    얼어붙은 땅에서만 몸을 터뜨린다는 나무가 떠오른다
    눈 뜬 천마(天馬)의 몸과 함께 땅에 묻혔을 꿈이 어른거
린다
    펼쳐진 백색의 날개가 아니라
    새벽 어둠을 박차오르는 검고 질긴 발굽이 차창 밖 하늘
에 찍힌다

    흔들리지 않는 가로수의 그림자에 아스팔트가 덜컹 파
인다
    엄마들과 신호등과 생활을 지나 규칙적인 도심을 멀리
벗어난다
    현관문도 열어놓은 채
    껍질 터지고 있는 나무만 남겨두고 나온 것이 생각난다
    서해로 가라앉는 해를 대고 목을 빼 기침을 길게 한 번
한다
    긴 꿈을 꾸는지 뒷자리에 앉은 아이의 얼굴 표정이 몇차
례 변한다

당신의 전개도

당신의 무덤가 풀숲은 당신의 키만큼 깊고
종잡을 수 없는 당신의 칼은
풀을 향하는 대신 당신의 손가락을 벤다

들쥐처럼, 잘못한 게 없어도 잘못했어요

입안이 깔깔한 당신
당신의 시선은 당신에게서 한 치도 벗어나지 못한다

대낮인데도 어둠속에서 번개가 치고
천둥소리가 뒤를 잇는 사이에
당신의 뼈토막들이 나타났다 사라진다
들쥐의 꼬리와 손가락과 당신의 얼굴이 한 평면에 배치
된다

당신은 당신이 밟고 있는 당신의 무덤에 갇힌다

등 뒤에서 비에 젖고 있는 산고양이가

왼쪽 발을 내려놓다 말고 검은 얼굴을 돌려 또렷하게
당신의 얼굴을 쳐다본다

죽음의 꼬리를 물고 갈라진 눈빛으로

사람 하나를 지탱할 만한 소나무가지가 부러진 채 매달
려 있다 당신은
당신의 정면에서 짧게,
한 번 더 하늘을 가르는 번개와
하나의 평면에 동시에 배치되는 것들을 본다

역비행

확고한 자세로 어두워져가는 하늘을 가로지르는 새들

나뭇가지에 걸린 검은 비닐봉투와
쓰레기통을 비우는 사람
묶은 끈을 풀지도 않은, 사람을 찾습니다, 전단지 뭉치
그 위로 붉은 가로등 불빛 점점이 떨어지네

이를 악물고 아버지를 속이는 어린 나
헐렁한 교복을 뒤집어 입고 민속주점에서 연애하는 나
옆 테이블과 사생결단으로 싸움하는 나
싸움을 말리는 가벼운 당신

때때로 나나 당신의 비행은 오른쪽으로 잠깐
왼쪽으로도 잠깐씩 기울었네 그래그래,
아름다웠다고 하겠네 가벼운 바람결에도 예민했던 나나
당신의 비행
다른 이들의 비행과 자주 충돌했던

어둠을 따라 급격히 무너졌던 빌딩들 각을 세우며
불빛을 따라 서서히 일어서네

머리를 똑같이 뒤로 묶고 공원 벤치 앞을 지나가는 남자
와 여자

루드베키아의 인과율

얼마 전부터 '구두' 하고 발음하면
머릿속에서는 '루드베키아'라는 소리가 울렸다

일요일 오후 세시의 삼거리에서 오토바이 한 대가 미끄
러졌고
　곧바로 마을버스가 노란 피자와 하얀 운동화를 깔아뭉갰
다 햇살에 반짝이는 국화꽃 파편들

　쏟아지던 햇빛이 흩어진 꽃잎에 반사되어 빌딩을 통과
했다
　힘이 들어간 아이의 손을 잡고 걷다가

　흙먼지 날리는 길바닥에서 『명탐정 코난』과
　『2058년 지구의 운명은?』을 사고
　R. M. 릴케의 『두이노의 비가』를 덤으로 받았다

　옥상 시멘트바닥에서 하얀 코를 맞대고 마르고 있을 운
동화

빛의 농도를 고르고 있을 운동화

간혹 자동차 경적소리가 울릴 때마다
구두와 루드베키아와 운동화가
낯설게 검은 하늘 속으로 솟구쳐 들어갔다

아이가 코난의 운동화를 갖고 싶어하는 눈치였다

틈

몸과 마음을 단단히 여며도
당신은 아무도 모르게 습격당하기 시작한다
그것은 전면적이어서
낮과 밤 뼈와 살을 구분하지 않는다

하늘에서 쏟아져내리는 은행알과
육삼빌딩과 모난 돌과 핸들 꺾인 세발자전거와
지표를 뚫고 올라오는 지하철 탄 사내가 여자가 당신을
습격해온다

빈틈없는 생활
방심하지 않는다 해도
어느 틈엔가 당신에게 틈이 생기기 시작한다 틈은
서서히 세력을 확장해나가고 당신은
저항하다 마침내 붙들리고 만다

그 틈으로 당신의 절반이 슬금슬금 빠져나간다
당신은 마지막 일전을 치를 수도 투항할 수도 없다

112

틈은 처음에 은밀하게 찾아와서 그러나 나중에는
당신을 완벽하게 장악한다

바람(願)에게

장맛비가 그치고 군데군데 부는 바람 사이로
빨간 애드벌룬이 하나 떠오른다

엘리제를 위하여를 울리며 지게차가 후진하면서
기와지붕이 올려지고 창에 커튼까지 쳐진 컨테이너박스를
트럭에 싣고 있다

엘리제를 위하여 집을 한 채 짓고
떠나보낸 엘리제를 위하여 음악이 깔린 마당을 가꾸려고

마지막 무거운 먹구름 조각이 빠른 속도로 북쪽으로 이
동하고

바람을 꺼내 풍선을 불면서
터질 만큼과 터지지 않을 만큼의 떨림과

바람에 흔들리는 가벼움을 찾는다

빌라를 분양한다는 애드벌룬 옆을 스쳐 컨테이너 집이
떠오르고
　또다시 아랫입술이 간지러워 꼭꼭 깨문다

　물풍선 던지기 싸움을 하면서 흠뻑 젖는 아이들의 시간과
　발목에 묶인 풍선 터뜨리기 게임을 하는 부모들의 시간
사이에

　엘리제를 위하여 집을 짓고 엘리제를 위하여 달아나고
　엘리제를 위하여 노래하면서
　무거운 발걸음으로 땅을 헤집던 때가 있었다

자상(自傷)

내원사 가는 길
초겨울인데 여우처럼 눈이 내리고 있다
내 목덜미는 뭉툭해지고
변온동물의 발이 낙엽 속을 파고들고 있다

소형 주차장 한 귀퉁이로 바람이 몰려가고
바람을 따라 낙엽과 햇빛이 몰려가고
바람과 햇빛을 따라 흰여우들이 몰려가고

중년의 사내가 맨발 맨살로 맨바닥에 누워 있다

그의 등 안쪽에서 물소리가 흐르고 있다

눈이 떠지질 않아 돌무덤을 막고 있는 바윗덩이 같아 갇
혔어 나를 만질 수가 없어 손바닥에 느껴지는 파충류의 표
피 누가 나 좀 불러줘 흔들어줘 누가 나 좀 태워줘

사내의 미간에 힘이 들어가고 있다

와불(臥佛)이네, 여우들의 웃음소리에
사내의 손에서 풀려난 소주병 조각을 보고, 움찔,
여우들은 흩어지고

바닥에 떨어진 혈흔과 그 위로 얼핏
떨어지는 햇빛

바람이 되돌아설 때

대림철공소 마른 쇠 깎는 소리에 묻혀
오토바이 한 대 소리없이 지나간다
늦은 겨울은 가로수 나뭇잎을 온전히 말아올리고
중학생 둘이서 책가방을 돌리며 간다 그 사이로
관광버스와 그 뒤편 장의행렬 차창마다
바람 한 점 없이 햇살의 반사가 눈부시다

밤새 침대 모서리가 긁혔다
불면의 버릇으로 떼어낸 살갗의 죽은 부스러기들이
눈과 허리에 박혔다
깎인 뼈와 깎이지 않은 뼈의 길이를 재면서

그래, 나에겐 아무도 없어도 좋다고 생각했다

쇠 깎는 소리에 묻혀
또다시 오토바이 한 대 급히 지나가고
단 한 번의 마지막 눈꽃축제를 생각한다

담담히 죽어가던 잔설 속 나뭇잎들과
밤새 바람 불던 내 가슴 사이를 무단횡단하며
새 한 마리가 유치하게 날아간다, 해도

눈 닿는 곳마다 생사가 걸릴 것이다

땡볕

길을 가다가 십여년 만에 우연히 친구를 만난다
친구는 작은 눈을 점점 크게 떠, 어어,
나의 얼굴을 자세히 뜯어본다
너 살아 있었냐?

나에게 버림받고 산으로 간 사람은

친구는 침을 튀기며 내가 죽었다는 뜬소문을 전한다
태양이 그림자도 찍지 않고 멈추어선다

천둥과 벼락과 유희 속에서 살아온 나에게

나를 위한 추도식이 열렸다고 한다
말없이 술만 마시던 한 친구가 머리를 찧더니
눈을 부라리며 술상을 뒤엎는 주사를 부렸다고 한다

태양을 구걸하고 미라를 죽인 나에게
붉은 배(梨)를 배신하고 별의 조화를 스토킹한 나에게

밝은 지혜를 사기치고 끊임없이 시달리는 나에게

나에게 그 친구가 용서를 빌었다고 한다
단 한 방에 머리털의 개수까지 정확히 간파당하는 나에게

적

바람구멍 풀린 풍선이 하늘로 날아오르는 것을 본 적이
있다

폐선이 언덕 위로 기어오르는 것을 본 적이 있다

종이비행기와
진짜 비행기와 검은 비닐봉투와 비포장도로가
건조한 태양을 향해 솟구치는 것을 가까이에서 본 적이
있다

사람을 본 적이 있다

12와 12.1사이의 무한대를 짚자마자
나보다 먼저 와 있던 내 죄에게 옆구리를 찔린 적이 있다

까까머리 꼬마에게 툭 차여 침대 머리맡까지 굴러온
뼈의 '뼈'라는 외침소리를 들은 적이 있다

바람을 본 적

수천의 붉은 부처들이 가부좌를 풀고
물도 없는 연못의 시멘트바닥으로 뛰어드는 것을 본 적
이 있다

아무것도 보고 있지 않는 나를 본 적이 있다

백기를 꽂겠어요

닻을 내린 항구, 썰물의 개펄에 앉아 있어요 소라게들이 내 몸속으로 줄지어 들어와 잘, 살아요

따지고 보면 통쾌한 백전백패인데요 몸을 잃어 정신을 오므리지 못하는 까막조개, 첫아이를 기어이 놓친 여자가 한겨울 새벽까지 없는 뼈들을 골라 무명 배냇저고리에 쌌다 풀었다 한다거나 당신이 그런 식으로 떠난 것이거나 해변가 풀숲에서 눈 뜬 채 얼어죽어 옆으로 돌아간 턱뼈 위로 눈발을 고스란히 받고 있던 새끼독사라거나 그 독사가 내 목을 감고 길게 매달리는 일 그런 것들이, 그래요 뭐 대수겠어요 등 뒤에 백기를 승리의 깃발처럼 높이 꽂겠어요 간혹, 내 깃대를 향해 펄럭이는 눈먼 갈매기들에게 손톱 발톱이나 빛나는 이빨들을 뽑아 던져줄 거예요 조각나는 햇살의 난반사, 자극적이겠지요 싸우지 않고도 질 수 있는 법이거든요 우리 그냥 아름다운 승리의 패잔병으로 살아요 한판 근사하게요

당신, 아직도 밖에서 울고 있나요? 어둠 위로 개펄 수면

이 잔잔해지고 이젠 누울 시간이에요 내 빈 몸속으로 물이
차올라요

　하, 그런데 저 배, 물때가 아닌 줄 알면서 저무는 수평선
으로 왜 자꾸 길을 트는 것일까요

돌파

7년째 복역중이다 시간이 흐를수록 힘겹다 철창도 없고 담장도 없는 수감생활이지만 인상적이지 못한 햇빛이나 표정 없는 달처럼 잊혀지고 있다

누명 쓰지 않고 사는 사람 없지만 무기형은 가혹하다 내가 모르는 나를 향해 칼을 갈 수도 펜을 들 수도 없다 알리바이도 없고 목격자도 없다 그러나 나는 아니다 생활하는 나를 살해한 자는 내가 아는 나는 아니다 치명적인 표정의 바람소리를 제대로 듣지 못했다는 이유로 내가 살해당했다는 것은 무법이다

나에게 자유는 자유만의 자유다 자유 가해자의 자유 누명 씌우지 않고 사는 사람 없지만 나를 살해한 나는 내 주변을 떠나지 않고 있다 부자유한 나를 자유롭게 감시하고 있다 찢어놓고 찢겼다고 우기는 남자나 찔러놓고 찔렸다고 대드는 여자처럼 살해범은 자유롭다 그가 누리는 자유의 강도만큼 나의 행동과 말이 갇힌다 나의 생각이 밖에서 잠기는 창 안쪽에 깊이 박힌다

좁은 창에 햇빛이 들었다가 달빛이 들었다가 한다 까치발로는 창 바깥의 표정을 알 수가 없다 언제나 표정이 문제

다 창 안으로 비를 들여놓고 바람이 되돌아설 때 나의 생각
은 습하고 바빠진다 몸이 틀어지고 마음이 들뜬다

벽을 뚫어야만 하는 누명 쓴 자의 눈빛으로 잠시 탈옥을
꿈꾸기도 하지만 나는 모범수다 마주치면 돌아서서 회심의
미소를 짓는 나의 살해범에게 복수하기 위해, 안에서든 밖
에서든

경계 없는 자유를 위해

나는 감형될 것이다

부리와 뿌리

바람이 가을을 끌어와 새가 날면
안으로 울리던 나무의 소리는 밖을 향한다
나무의 날개가 돋아날 자리에 푸른 밤이 온다

새의 입김과 나무의 입김이 서로 섞일 때
무거운 구름이 비를 뿌리고
푸른 밤의 눈빛으로 나무는 날개를 단다

새가 나무의 날개를 스칠 때
새의 뿌리가 내릴 자리에서 휘파람 소리가 난다
나무가 바람을 타고 싶듯이 새는 뿌리를 타고 싶다

밤을 새워 새는 나무의 날개에 뿌리를 내리며
하늘로 깊이 떨어진다

자기 기원의 탐색, 삶의 가파른 증언
유성호

　김명철 첫 시집 『짧게, 카운터펀치』는 시집 전체가 확연한 구심적 전언을 지향하지 않은 채, 삶의 여러 국면에 대해 여러 모양의 접근과 표현을 취하고 있는 이색적 성취이다. 가령 이 시집은, 첫 시집이 으레 그러하듯 개인 성장사에 대한 순연한 나르씨시즘을 드러내거나 고도로 집중된 배타적 정체성을 토로하기보다는 짧지 않은 시간 동안 만났던 그때그때의 풍경과 기억들을 일종의 '치명적 도약'(O.Paz)의 순간으로 다스리고 붙잡아맨 다양한 문양을 보여준다. 그래서 우리는 김명철 시편이, 먼저는 개개 시편의 철저한 독립성으로 존재하고, 나중에는 그 단자들이 때로는 병렬적으로 때로는 상호인접성으로 모여 어떤 유추적인 화폭을 구성하는 방식으로 존재한다고 비유적으로 말할 수 있을 것이다.

　일찍이 위고(V. Hugo)는 자신의 오랜 역작 『세기의 전설』서문에서 "모자이크 안에서처럼, 각각의 돌멩이는 자신의 고유한 색과 모양을 가지고 있지만 전체는 하나의 형상을 부여하고 있다"는 말을 한 적이 있는데, 이는 개개 작품들이 느슨하나마 하나의 통합적 전언을 욕망하면서 누가적(累加的)으로 축적된 것임을 함의한다. 김명철 시집에 실린 시편들도 이러한 모자이크의 원리를 닮아 있다. 말하자면 그의 시집은 수미일관한 원리에 의해 규율되어 있지 않고, 그때그때 활성화된 역동적 상상력이 플래시처럼 터져나오는 순간에 의해 빛을 발하는 방식으로 구성되어 있다 할 것이다.

그만큼 우리는 김명철 시편의 특성을 단일한 화자가 취하는 고백적 진술이 아니라는 점에서 찾을 수 있다. 그동안 서정시의 존재형식을 오랫동안 규정해왔던 고백적 자기진술의 방식을 그의 시편은 훌쩍 넘어서 있다. 그렇다고 그의 시가 까다로운 해석을 요청하는 난해한 메타적 기획에 침잠해 있는 것도 아니다. 다만 그는 한편 한편의 시에 구체적인 풍경과 사물들을 교차하고 중첩하고 그것들끼리의 연관을 형상적으로 유추함으로써, 시의 상황과 전언을 일종의 '겹'으로 담아내는 일관된 특성을 보여준다. 물론 그 '겹'의 최종 과녁은 자기자신으로의 귀환에 맞추어져 있다. 다음 시편을 보자.

고산문학상 수상 축하 자리에 나답지 않게 오래 앉아
있었다
　늦은 전철 몇 안 남은 빈자리에 앉아
　나답다는 것을 생각하며 김수영의 「죄와 벌」을 읽고
있었다

　젊은 여자가 신발을 신은 채 길게 다리를 펴 옆으로 늘
어지게 앉아 있다가
　내가 늦는다고 말했어 안했어 몇번을 말해야 알아듣겠
어 엄마 술 먹었어?
　휴대전화로 자기 엄마에게 핏대를 올렸다

　두 사람 중에 누가
　죄를 지은 것일까 생각하며 「죄와 벌」을 덮었다
　김수영의 두들겨맞는 여편네와 지우산이 떠오르고
　다시 나답다는 것에 대하여 생각했다

　(…)

　심하게 기울어지는 차량과
　심하게 기울어지는 사람들과
　심하게 기울어지는 죄와 벌과

더 심하게 기울어지는 지난여름의 나의 하강과 촛불과
꽃들과
　그리고 소란스러운 하차와

　꽃밭의 잡초를 뽑을 때마다
　미안합니다라고 말하는 여리고 약한 아이의 얼굴이 갑
자기 생각났다

—「유감(有感)」 부분

　문학상 축하 자리에 "나답지 않게" 오래 앉아 있던 화자
는 귓갓길의 늦은 전철에 앉아 역시 "나답다는 것"을 생각
하면서 김수영의 「죄와 벌」을 읽고 있다. 순간 우리는 김명
철 시편이, 비 오는 거리에서 아내를 폭행하고도 죄의식이
나 연민을 느끼기보다는 자기의 안위와 경제적 손실을 타
산하는 속물로서의 현대인의 초상을 그린 김수영 시편과
간접적 상호텍스트성을 지니면서 '나다움'의 정직성에 가
닿고 있음을 알게 된다.
　전철 안에는 마치 김수영 텍스트에서의 소란처럼 한 젊
은 여자가 휴대전화로 자기 엄마와 핏대를 올리며 통화를
하고 있고, 결국은 맞은편 남자와 그녀 사이에 실랑이가 벌
어진다. 꾸중과 말대꾸와 거친 폭력과 다른 사람들의 만류
가 이어지면서, 차량과 사람들과 죄와 벌과 지난여름의 하

강과 촛불과 꽃들이 모두 소란스러운 하차와 함께 심하게 기울어져간다. 순간 잡초를 뽑을 때마다 미안하다고 말하는 아이를 떠올린 화자는 '나다움'의 속성에 미세한 균열과 기울어짐이 생겨나고 있음을 아프게 느낀다. 그야말로 아픔의 '유감(有感)'이다.

다른 시편에서도 시인은 "전철 안 한쪽에서 억양 없는 소리가 갑자기 솟아오른다 한낮의 선잠에 균열이 간다 정신을 가누지 못하던 승객들의 시선이 소리 쪽으로 휜다"(「생각의 기원」)고 노래함으로써, 자신의 기억과 감각의 기원이 이러한 소란과 균열과 기울어짐에 있음을 고백한 바 있다. 이러한 그만의 시적 기율은 "밖으로 튀어나가려는 소리들을 안으로 꽉꽉/붙잡아맨 저 침묵"(「고함(高喊)」) 속에서 자기자신을 응시하면서 동시에 "눈 감고 차창에 손과 귀를 대보면/혼자 떨고 있는 사람"(「어둠본색 2」)을 바라볼 줄 아는 현실감각의 소산이기도 하다. 이때 시인은 소란한 현실을 거울처럼 반영하지 않고 스스로의 기억과 감각의 흐름으로 재현한다. 하지만 그러한 기억과 감각에 의해 시가 발원한다 하더라도, 김명철 시편은 차분한 이성에 의해 개성적인 시적 논리를 얻어가는 과정을 선명하게 보여준다. 다음 시편을 보자.

아침에 꽃을 가꾸다 말고 촛대를 들고 나왔다

133

부드러운 살이 아니라 뼈만으로 앞을 향하던 사람들을
생각했다

　스크럼이 스크럼을 부르던 때가 있었다
　일사불란 앞에서는 꽃이 되는 말들도 지하나 지상 저
너머로 숨어들어야 했다

　사물놀이패들을 둘러싼 연인들과
　평화로이 잠든 아이의 유모차를 밀고 가는 젊은 부부
들의 종이컵 속 불꽃이
　꽃 같았다 꽃받침이 단단하게 굳었다

　오랫동안 맴돌기만 하던 바람이 내 몸 전체를 빠르게
한 번 훑고 지나갔다
　석양빛이 구멍난 내 뒤통수로 들어와 코앞까지 기웃거
리다 갔다

　길바닥이 등뼈에 딱딱 치받쳤다
　표정을 결정할 수 없는 나의 얼굴이 촛불에 일렁였다

　나, 하나도 남아 있지 않은 것 같았다

길바닥에 뒹구는 미아찾기 전단지의 얼굴과 배경만 남은 나의 모습이 무수히 밟혔다

새벽에 돌아와 넘어진 꽃대를 말없이 세워주었다

—「삼백예순다섯 개의 새벽」전문

이 작품에는 '촛대'와 '꽃대'라는 일종의 펀(pun)으로 결속된 이형동질의 사물이 대응을 이루고 있다. 또 아침과 석양과 새벽의 흐름이 그 안에 녹아 있다. 아침에 꽃을 가꾸다 말고 '촛대'를 든 시인은 다시 한번 '나다움'을 생각한다. 한때 "부드러운 살이 아니라 뼈만으로 앞을 향하던 사람들"이 있었고 그들의 스크럼과 일사불란과 곳곳으로 숨어들던 말들이 있었다. 많은 세월을 지나 이제 그 기억은 "사물놀이패들을 둘러싼 연인들"이나 "아이의 유모차를 밀고 가는 젊은 부부들의 종이컵 속 불꽃"으로 새로운 옷을 갈아입는다. 그리고 그 '불꽃'은 마치 꽃받침이 단단한 꽃처럼 "오랫동안 맴돌기만 하던 바람"이 되어 몸 전체를 빠르게 지나간다. 그 순간, 하나도 남아 있지 않던 '나'가, 배경으로만 남아 있던 '나'가 새로이 태어난다. 다음날 새벽 "넘어진 꽃대"를 세워주는 시인의 몸짓은 이러한 '나다움'의 순간적 탈환을 기념하는 일종의 상징제의라고 말할 수

있을 것이다. 여기서 '촛대'와 '꽃대'는 시인의 '나다움'의 기원과 기억을 상상적으로 회복케 한 이형동질의 사물인 셈이다.

그런가 하면 시인은 "어둠이 짧아 잠들 수 없는 종족의 후예"(「바람 앞에 서서, 말총 같은」)로서의 성장통에 관한 이야기를 여러 모습으로 배치해 보여준다. 그 가운데는 "버리지 못한 뿔테안경의 얼굴은/앉은뱅이책상과 부서진 경대와 독한(獨韓)사전과 함께/오래전의 단칸방에서 회오리치며 빠져나갔다"(「책갈피의 꽃잎처럼」)는 젊은 날의 서사적 복원도 있지만, "천둥과 벼락과 유희 속에서 살아온 나"(「땡볕」)가 "아무것도 보고 있지 않는 나를 본 적"(「적」)이 있음을 수차례 고백하는 자기토로도 중요한 무게중심을 형성하고 있다. 그리고 그는 "물의 저항 없이 허공으로 치솟을 때의 몸과/허공의 저항을 받으며 낙하하는 그 까마득함과의 격차"(「경계를 걷다보면 선이 지워진 곳에 이를 때가 있다」)를 받아들이면서도, 그 낙차 속에서의 균형과 새로운 갱생을 동시에 욕망하는 자신의 모습을 숱하게 보여준다. 그래서 김명철 시편은, 한 사람의 존재형식이 기억과 현실 사이의 냉혹한 균형에 있음을, 그리고 시라는 것은 '나다움'을 상상하고 탈환하되 오랜 기억과 현실감각의 균형을 취하는 가운데 이루어지는 것임을 선명하게 보여준다.

이렇게 김명철 시편을 읽는 감동은, 자기자신에 대한 정

직한 응시와 함께 사람살이의 구체성에 다가가는 따뜻한
품에서 온다. 하지만 그는 결코 대상에 대한 과도한 연민이
나 투사(投射)를 수행하는 법이 없다. 그야말로 대상을 가로
지르고 자기자신으로 귀환하는 구심과 원심의 반복 과정을
거쳐 자신의 시편을 둘도 없는 구체성으로 각인할 뿐이다.

   한낮의 보도블록이나 보면서 걷고 있었다
   바람이나 사람이나 하늘을 볼 마음은 없었다
   유월 말의 눅눅한 햇살에 아스팔트가 흘러내렸다

   4차선 차도에는 정적이 흘렀다
   멀리서 구급차 소리 가늘게 들리다가 사라지더니
   귀에서 또 울먹울먹 피리소리가 났다

   밀짚모자를 쓴 노인이 폐지 실은 수레를 끌고 있었다
   생활이 나를 윽박질렀으나
   승부를 낼 수 없는 대상이라고 스쳐 생각했다
   누군가 먹다 버린 천도복숭아가 슬리퍼에 밟혔다

   고개 숙인 채 힘겹게 수레를 끌던 그가 멈춰서더니
   나 있는 쪽을 쳐다보았다
   나와 내 생활이 조금 허둥댔다

무게가 뒤쪽으로 쏠린 수레의 손잡이를 잡고
새까맣게 탄 그가 내 오른편을 뜻밖인 듯 보고 있었다

작은 공원을 가득 채운 만개한 나리꽃들!
주름진 그의 입과 눈이 와아 벌어지고 있었다

피리소리와
수레와 노인이 꽃들 속으로 빨려 들어가고 있었다

　나와 나의 생활이 천도복숭아에 붙어 있는 개미떼 같
았다

—「파종」 전문

이번에는 한낮의 보도블록에서 발견한 어떤 풍경과 자기
자신을 유추적으로 결합해놓았다. 한여름 햇살 속에 멀리
서 구급차 소리와 "귀에서 또 울먹울먹 피리소리"가 들렸
다 사라진다. 밀짚모자를 쓴 한 노인이 폐지를 실은 수레를
끌고 가는 것을 보면서 화자는 '생활'이 자신을 윽박지른다
고 생각하고, 그 노인이 자신을 바라보자 역시 '생활'이 허
둥댔다고 표현한다. 여기서 윽박지르고 허둥대는 '생활'이
란, 마치 저 유명한 이상(李箱)의 「가정(家庭)」에서 "안에生

活이모자라는까닭이다"라고 한 바로 그 '생활'처럼, 슬리퍼에 밟히는 "누군가 먹다 버린 천도복숭아"가 되어 끈질기게 지상과 나를 연결하고 있다. 그래서 화자는 그 노인이 수레의 손잡이를 잡고 만개한 나리꽃들에 감탄하는 것을 보면서도, 그러한 순간적 초월로는 어림도 없이 '생활'이 천도복숭아에 붙어 있는 개미떼처럼 완강하고 왕성한 생명력을 지니고 지속되어갈 것임을 암시하고 있다.

이러한 생의 만만찮은 무게는 예컨대 '넘어지다/떨어지다/쓰러지다/풀어지다'의 점층적 연쇄를 통해 생의 하강적 비애를 함축한「살아서 별이 되지 못하거든」과, 암병동에 계신 아버지를 한밤에 문병 와 울먹이는 초미니스커트 아가씨의 이야기를 담은「암병동」등에서도 편재적으로 드러난다. 그처럼 김명철 시편은 매우 구체적인 생활의 무게를 지고 있는 삶들을 실감있게 불러내, 마치 "무게가 뒤쪽으로 쏠린 수레"처럼 살아가는 이들의 슬프게 기울어가는 서사들을 면밀한 관찰과 깊은 공감으로 그려내고 있다.

곳곳에서 생활의 비애를 노래하던 시인은 몇몇 시편에서는 스스로 '새'가 되어, 순간처럼, 섬광처럼, 숨겨진 야성을 선보이기도 한다. 가령 그것은 "어린 누 한 마리쯤 통째로 삼키던 아래턱의 기억이/눈뭉치 뒤덮인 솔잎에 촘촘히"걸려 "송곳니와 송곳니 사이에서 무뎌진 야성이 떨고"(「겨울악어」) 있는 존재를 상상하는 것으로 드러나기도 한다. 하지만 그 '야성'이 폭발력을 얻어 활력있게 비상하는 쪽으로 나타나는 경우는 좀처럼 없다. 다만 그것은 현실 속에서 유보되거나 오히려 하강하는 쪽으로 나타남으로써 생의 비애를 암유(暗喩)하는 데 기여한다.

> 반만 펴진 새의 꽁지를 거칠게 지우며 육교 위로
> 하늘이 무너져내린다
>
> 줄지어 떠오르는 가로등을 따라
> 읽히지 않는 네온사인과 진짜 같은 별들과
> 피뢰침이 박힌 십자가들이 켜진다
>
> 솟아날 구멍이 없다는 생각 속으로
> 육교 난간을 잡은 손가락들의 뼈마디 속으로
> 무감각하게 비가 내린다.
> 기온보다 더 빨리 체온이 떨어진다
>
> 비는 눈으로 바뀌어가고
> 나에게로 하늘이 하얗게 내려앉는다
> 쫓겨난 어둠이 모두 내 안으로 들어온다
>
> ─「육교 위, 천공(穿孔)」 부분

보랏빛 목덜미의 새 한 마리가 도심을 가까스로 빠져나 간다. 그때 반만 펴진 새의 꽁지를 지우면서 육교 위로 하늘이 무너져내린다고 화자는 상상한다. 순간 저녁이 오고 가로등과 네온사인과 십자가가 하나둘씩 켜진다. 저녁에 잠긴 도시는 '하늘이 무너져도 솟아날 구멍이 있다'는 격언을 조롱이라도 하듯, 무너져내리는 하늘 아래 전혀 솟아날 구멍이 없는 곳으로 나타난다. 비가 눈이 되어 내리는 바로 그 육교 위에서, 곧 뚫린 구멍으로 하늘이 하얗게 내려앉는 듯한 환각 속에서, 화자는 "쫓겨난 어둠이 모두 내 안으로" 쏟아져들어오는 상상적 경험을 치른다. 육교 위에서의 천공 이후 새로운 천공(天空)이 열리고 있지만, 그 천공에서 쏟아지는 것은 어둠일 뿐이고, 결국 새는 다시 어두움으로 귀환하고 만다. 어두움의 근원으로부터 비상할 줄 모르고 그쪽으로 줄곧 내려앉을 뿐이다.

바람이 가을을 끌어와 새가 날면
안으로 울리던 나무의 소리는 밖을 향한다
나무의 날개가 돋아날 자리에 푸른 밤이 온다

새의 입김과 나무의 입김이 서로 섞일 때
무거운 구름이 비를 뿌리고
푸른 밤의 눈빛으로 나무는 날개를 단다

새가 나무의 날개를 스칠 때
새의 뿌리가 내릴 자리에서 휘파람 소리가 난다
나무가 바람을 타고 싶듯이 새는 뿌리를 타고 싶다

밤을 새워 새는 나무의 날개에 뿌리를 내리며
하늘로 깊이 떨어진다

　　　　　　　　　　　　　　　　─「부리와 뿌리」 전문

　가을바람 속에서 날아가는 '새'는, 안으로만 울리던 "나무의 소리"와 순간적으로 상응한다. 새의 입김과 나무의 입김이 서로 섞이고, 푸른 밤의 빗속에서 나무가 날개를 단다. 새와 나무는 한몸이 되어 서로의 날개를 스치고 서로의 부리(뿌리)를 탄다. 나무는 바람을 타고 싶어하지만 새는 나무의 날개에 뿌리를 내리며 하늘로 떨어진다. 솟구치는 것이 아니라 떨어지고, 부리가 아니라 뿌리로 내려가는 새의 몸짓은 모든 어둠을 자신의 몸으로 청해 들이는 시인의 모습을 다시 한번 잘 보여준다. 그것이 결국 시집 전체를 통해 탐색해 마지않던 '나다움'의 기원이라도 된다는 듯이 말이다.

　그러니까 시인은 "확고한 자세로 어두워져가는 하늘을 가로지르는 새"(「역비행」)가 되기를 한없이 열망하지만, 결국 "흰 물새의 날개가 부러지는 밤"(「간절도(懇切度)」)에 "허공을 잘못 밟아 떨어진 새"(「흐린 날의 성좌」)가 되고 마는 자신을 오래도록 응시한다. 가끔씩 그는 "벽을 뚫어야만 하는 누명 쓴 자의 눈빛으로 잠시 탈옥을 꿈꾸기도"(「돌파」) 하지만, 그 꿈은 최소한 그가 시를 쓰는 동안만큼은 오래도록 유보될 것이다. 그 유보된 꿈을 향해, 그리고 일방적 화해로 결코 빠져들지 않는 그의 언어를 향해, 우리는 "당신의 생각도 아직은 다층적"(「아래, 아래, 뒤에, 당신의 맨홀」)이라고 말해줄 수 있을 것이다.

지금까지 우리가 읽어온 김명철 시편은 방법적으로는 경쾌할 때가 많지만 내용적으로는 결코 유쾌하지 않다. 근본적으로 그의 시가 '비가(悲歌)'이기 때문일 것이다. 그의 시편은 우리에게 고도로 집중된 전언을 선사하기보다는 다양하게 나타나고 사라지는 우리 삶의 순간적 국면들을 충실하게 재현하고 있다. 그리고 그 사이사이에 자기 기원을 탐색하고 상상하고 탈환하는 자기귀환의 서사를 보여주었고, 생활의 무게를 지고 가는 이들의 삶이 엄연하고도 가파른 생의 실재임을 한결같이 증언해주었다. 이러한 자기 기원의 탐색과 삶의 가파른 증언의 방식에서 그는 신인다운 고유함을 획득하고 있다. 그것은 언젠가 하이데거(M. Heidegger)가 "예술은 현존하는 것을 그것 자체로 이끌어 내 자신의 모습이 고유하게 드러나도록 하는 행위"(『예술작

품의 근원』)라고 말했을 때의 그 '고유함'일 것이다. 그의 첫 시집을 기꺼이 '새로운 언어'라고 말하는 소이가 여기에 있다.

柳成浩 | 문학평론가

그사이,

삼선동 재래시장 앞에서 연탄불 위의 딱딱한 문어 다리
로 소주를 마시는 늙은 두 남자의 모습이 지워지지 않았고
해뜨기 직전 뒤돌아서던 프리지아 여자와 해발 800미터
의 속도로 아득해지던 흑맥주 남자가 흑백사진처럼 찍혔다.

발가락이 밉다는 이유로 나를 자주 떠났던 그와
정신을 놓아버린 친구에게 가해졌을 구타와 손가락질에
몸살을 앓기도 하였다.

금융위기조차 나와 무관했으며,
공장 철문 옆 기름때가 닦여진 나사 더미와 기름때 묻은
아이의 언 손과 발에 쌓이던 오래전의 바로 그 눈을 녹이며
땅만 보고 걷는 까맣게 탄 어린 나와 술을 나눠마셨다.

곤파스를 대동한 밤의 황제가 지나갈 때 그가 휘젓는 팔과 비틀거리는 바람과 떠들썩한 개들이 귀뚜라미 소리를 또렷이 깨우는 것을 목격하기도 하였다.

오랫동안 살아내는 사람들이 한없이 경외스럽다.
사랑.

원고를 보내고 이런 생각들을 하느라 아이의 손을 잡고 주인 없는 들판을 조금 걸었다.

2010년 12월
김명철

창비시선 324

짧게, 카운터펀치

초판 1쇄 발행 / 2010년 12월 10일

지은이 / 김명철
펴낸이 / 고세현
책임편집 / 한진금
펴낸곳 / (주)창비
등록 / 1986년 8월 5일 제85호
주소 / 413-756 경기도 파주시 교하읍 문발리 513-11
전화 / 031-955-3333
팩시밀리 / 영업 031-955-3399 편집 031-955-3400
홈페이지 / www.changbi.com
전자우편 / literat@changbi.com
인쇄 / 상지사P&B

ⓒ 김명철 2010
ISBN 978-89-364-2324-7 03810